Nota para los padres y encargados:

Los libros de *Read-it!* Readers son para niños que se inician en el
maravilloso camino de la lectura. Estos hermosos libros fomentan
la adquisición de destrezas de lectura y el amor a los libros.

 El NIVEL MORADO presenta temas y objetos básicos con palabras
de alta frecuencia y patrones de lenguaje sencillos.

 El NIVEL ROJO presenta temas conocidos con palabras comunes
y oraciones de patrones repetitivos.

 El NIVEL AZUL presenta nuevas ideas con un vocabulario más amplio
y una estructura gramatical más variada.

 El NIVEL AMARILLO presenta ideas más elevadas, un vocabulario
extenso y una amplia variedad en la estructura de las oraciones.

 El NIVEL VERDE presenta ideas más complejas, un vocabulario más
variado y estructuras del lenguaje más extensas.

 El NIVEL ANARANJADO presenta una amplia de ideas y conceptos
con vocabulario más elevado y estructuras gramaticales complejas.

Al leerle un libro a su pequeño, hágalo con calma y pause a menudo
para hablar acerca de las ilustraciones. Pídale que pase las páginas y que
señale los dibujos y las palabras conocidas. No olvide volverle a leer los
cuentos o las partes de los cuentos que más le gusten.

No hay una forma correcta o incorrecta de compartir un libro con los
niños. Saque el tiempo para leer con su niña o niño y transmítale así
el legado de la lectura.

Adria F. Klein, Ph.D.
Profesora emérita, California State University
San Bernardino, California

Editor: Christianne Jones
Page Production: Melissa Kes/JoAnne Nelson
Art Director: Keith Griffin
Managing Editor: Catherine Neitge
Editorial Consultant: Mary Lindeen
The illustrations in this book were done in watercolor.
Translation and page production: Spanish Educational Publishing, Ltd.
Spanish project management: Jennifer Gillis/Haw River Editorial

First Spanish language edition published in 2007
First American edition published in 2005
Picture Window Books
5115 Excelsior Boulevard
Suite 232
Minneapolis, MN 55416
877-845-8392
www.picturewindowbooks.com

Printed in the United States of America.ñ

Library of Congress Cataloging-in-Publication Data
Williams, Jacklyn.
[Merry Christmas Gus! Spanish]
Feliz Navidad, Gus! / por Jacklyn Williams ; ilustrado por Doug Cushman ; traducción,
Patricia Abello.
p. cm. — (Read-it! readers en español)
Summary: Gus the hedgehog wants to be sure that Santa Claus will remember him and
what he wants for Christmas, but wearing huge antlers while waiting in line at Santa Land
draws more attention than he wants.
ISBN-13: 978-1-4048-2692-2 (hard cover)
ISBN-10: 1-4048-2692-0 (hard cover)
1. Santa Claus—Juvenile fiction. [1. Santa Claus—Fiction. 2. Christmas—Fiction.
3. Hedgehogs—Fiction. 4. Spanish language materials.] I. Cushman, Doug, ill.
II. Abello, Patricia. III. Title. IV. Series.

PZ73.W5665 2006
[E]—dc22
2006005762

¡Feliz Navidad, Gus!

por Jacklyn Williams
ilustrado por Doug Cushman
Traducción: Patricia Abello

Con agradecimientos especiales a nuestras asesoras:

Adria F. Klein, Ph.D.
Profesora emérita, California State University
San Bernardino, California

Susan Kesselring, M.A.
Alfabetizadora
Rosemount-Apple Valley-Eagan (Minnesota) School District

PiCTURE WiNDOW BOOKS
Minneapolis, Minnesota

Una larga fila de padres cansados y niños inquietos le daba la vuelta a "Santalandia". Gus y Beto esperaban al final de la fila. Trataban de ser pacientes.

Santalandia

5

Corral
de renos

Gus señaló una foto de una bicicleta
de carreras azul brillante.

—Esto es lo que voy a pedirle a Santa Claus
—le contó a Beto—. Bueno, si es que llegamos
al frente de la fila.

La fila parecía cada vez más larga.
Gus se ponía cada vez más nervioso.

—Cuando lleguemos, la Navidad se habrá
terminado —refunfuñó.

Gus sintió un escalofrío en el estómago.

—¿Y si Santa Claus no se acuerda de mí? —exclamó—. Hay demasiados niños. ¿Cómo me recordará? ¿Cómo se acordará de lo que yo quiero?

—¡Oye! ¿Adónde vamos? —preguntó Beto al sentir que Gus lo arrastraba hacia la puerta.

—Nos vamos a la casa —dijo Gus—. Necesito pensar.

Dos horas después, Gus seguía pensando.

—Tengo que encontrar un modo de que Santa Claus me recuerde —dijo Gus.

—Si no descansas el cerebro, vas a desgastarlo —dijo Beto—. Vamos a construir un muñeco de nieve.

Salieron a hacer el muñeco.

—¡Ay, no! —refunfuñó Gus—. Allí viene Billy.

—¡Pero mira qué tenemos aquí! —dijo Billy.

—Vete, Billy —dijo Gus—. Estamos ocupados.

—Muévanse —dijo Billy—. Dejen que el experto se encargue de esto. Cuando se trata de muñecos de nieve, nadie me gana.

—Dejemos que nos ayude —dijo Beto—.
Si está ocupado, no podrá lanzarnos nieve.

—Bueno, está bien —dijo Gus de mala gana.

Cuando terminaron, los chicos miraron el muñeco de nieve. —Tenemos que ponerle brazos —dijo Beto.

Gus chasqueó los dedos.
—Ya lo tengo —dijo—. Ven conmigo.

14

Gus le clavó dos troncos al muñeco.

—¿No crees que estos brazos son muy grandes? —preguntó Beto.

—Claro que no —dijo Gus—. Así parece el Supermuñeco de Nieve.

—Yo diría que parece el Extraterrestre de Nieve —dijo Billy con una risita burlona.

Beto le dio una palmadita al muñeco.

—Oye, Gus —dijo—. ¿Ya se te ocurrió un
modo de hacer que Santa Claus te recuerde?

—Tengo el modo perfecto —dijo Billy—.
Le clavó dos largas ramas a la cabeza
del muñeco.

—Ahora sí parece el Extraterrestre de Nieve.
Santa Claus te recordará como el chico del
muñeco mutante —dijo Billy cuando se iba.

—Se está haciendo tarde —dijo Beto—.
Creo que yo también me iré a casa.

—Mañana volveremos al centro comercial
—dijo Gus—. Mientras tanto, seguiré
pensando.

—¿Será que el muñeco de nieve le tiene miedo a la oscuridad? —preguntó Gus.

—No sé —dijo Beto—. Es posible.

—Por si acaso, dejaré encendida la luz del porche —dijo Gus.

Gus pasó la noche haciendo una lista.
"Tengo que buscar un modo de hacer que
Santa Claus me recuerde", pensó. Miró lo
que había escrito.
"Me rindo",
suspiró.

- Hacer un globo de chicle que se me reviente en la cara. ¡Qué lío!
- Ponerme la ropa al revés. ¡Qué aburrido!
- Comerme un gusano. ¡Qué asco!

Entonces se le ocurrió algo. Los ojos se
le abrieron como platos. —¡Cuernos!
—dijo—. ¡Ya lo tengo!

Al otro día, Gus y Beto llegaron al centro comercial y se fueron derechito a "Santalandia".

—No puedo creer que tengas puestos esos cuernos —dijo Beto.

—Son iguales a los que tienen los renos de Santa Claus —dijo Gus—. ¡Ahora sí se acordará de mí!

Centro
Comercial

Otra larga fila de niños le daba la vuelta
a "Santalandia". Beto corrió al final de
la fila. Gus lo siguió tambaleándose.

Con sus cuernos, Gus era el chico más alto
de la fila. Los cuernos apuntaban hacia uno
y otro lado. Todos trataban de esquivarlo.

—¡Perdón! ¡Perdón! ¡Perdón! —repetía Gus
caminando por entre la multitud.

—No quiero lastimar a nadie. Sólo quiero
llamar la atención —le dijo Gus a Beto.

Billy llegó a la fila dando codazos.

—Quítense de mi camino —dijo.

—¡Oye! —dijo Gus—. No puedes colarte.

—¡A que sí puedo! —dijo Billy.

Primero, Billy se coló frente a Gus.

Después, Billy dejó colar a tres niñas.

Luego, Billy dejó colar a otros dos chicos.

Gus miraba desesperado. Por fin vio llegar
a uno de los ayudantes de Santa Claus.

El ayudante le dio un golpecito a Billy
en la espalda.

—Recuerda: Santa Claus sabe quién se porta
mal y quién se porta bien —susurró.

—Estos bastones de dulce son para
ti por esperar tu turno —le dijo a Gus.
Le colgó los bastones en los cuernos.

—Sin saberlo, Gus se convirtió en el líder
del grupo de renos.

A medida que la fila se movía, Gus se movía.
A medida que Gus se movía, los renos se
movían. ¡Querían los bastones de dulce!
Gus llegó al frente de la fila.

—¡Jo, jo, jo! —dijo Santa Claus señalando
por detrás de los cuernos de Gus.

Gus volteó a mirar. —¡Uy, uy, uy!
—dijo.

—Sólo quería que me recordaras
—dijo Gus.

Santa Claus sonrió. —Soy Santa Claus
—dijo—. No me olvido de nadie. Además,
tú eres Gus. ¿Quién podría olvidarse de ti?

Más *Read-it!* Readers

Con ilustraciones vívidas y cuentos divertidos da gusto practicar la lectura. Busca más libros a tu nivel.

¡Feliz cumpleaños, Gus!	1-4048-2693-9
¡Feliz día de Gracias, Gus!	1-4048-2690-4
¡Feliz día de la Amistad, Gus!	1-4048-2691-2
¡Feliz Halloween, Gus!	1-4048-2694-7

¿Buscas un título o un nivel específico? La lista completa de *Read-it!* Readers está en nuestro Web site: *www.picturewindowbooks.com*